KB271409

백두대간

이봉수 제3시조집

도서출판 명성서림

건강백세 시대의 정형시

세상이 많이 바뀌었습니다. 나라도 크게 발전하여 선진국이 되었습니다. 살기 어렵고 고달팠던 후진국 시대를 멀리 보내고 마음껏 건강하고 행복한 생활을 즐기는 장수 시대가 되었습니다. 더욱 삶의 질을 높이고 문화·예술을 노래할 때입니다.

우리의 현대 시조는 한국형 정형시라고 하지만, 대다수의 작품은 정형에 미치지 못하고 매우 흐트러져 있어 정형시와 자유시의 중간에 서 있는 반정형시입니다. 엄격한 자수율은 고사하고 한두 자 가감을 허용하는 음보율마저 지키지 못하고 있습니다. 따라서 완전한 정격시조*는 극히 소수에 불과합니다.

이제는 건강백세 시대에 걸맞게 수정같이 맑고 단단한 정형시를 구축해야 합니다.

이 책에 수록된 128편의 시조는 1자 흐트러짐 없이 3434.3444.3543으로 된 정형의 그릇에 담아 인문, 사회, 자연, 관광과 건강 산행을 여러모로 음미하고 있습니다.

부족한 점이 있으면 거침없이 지적해 주시기 바라면서 졸저를 세상에 내어 놓습니다.

2023년 11월
이 봉 수

* 註 : 이봉수〈현대시조 바로 세우기〉(2013년 간) P124

제2부 금연 이야기

제3부 구름

제4부 갓바위

제5부 백두대간

제1부

만원 지하철

공항의 입양아(入養兒)

구름 속 먼 하늘로
아기새 날아간다.
엄마와 짧은 만남 조물주의 뜻이던가?
무심한 강보에 싸여 우듬지로 나가네.

뻐꾸기 알이었나? 생일이 틀렸었나?
잘못된 밑그림을 출국장에 내려놓고
새로운 인연을 찾아
이륙하고 말았네.

사연도 모르는 채 얼굴도 모르는 채
낳아준 부모 이별
까마득한 하늘길에
인자한
새 부모 만나
날개 키워 살아라.

검은 핸드폰

납작한 오석(烏石)하나
손안에 들려 있다.
손때가 묻어 있는 귀염둥이 나의 분신
내 말을
천 리 밖으로
전해주는 돌이다.

입 없는 돌이지만 귓가에 갖다 대면
만 리 밖 말소리를
내 안으로 전해주고
머릿속
넓은 집안에
형광등을 밝힌다.

공중부양(空中浮揚)

- 국회난동 2009.1.5 -

인도의 설산에서 수십 년 명상하면
시공(時空)을 초월하여 허공 속에 몸이 뜨고
우주를 한 몸에 받아 깨달음이 온단다.

동방의 작은 나라 잠에서 깨어나고
저마다 잘났다고 목소리를 높이는데
염소*도 껑충 뛰어서 자랑하나 보탠다.

* 염소 : 볼품 없이 염소수염을 기르고 책상에 뛰어올라 난동을 부린
　　　국회의원에게 붙여준 별명

뉴스

라디오 스피커에 뉴스가 주렁주렁

전원을 건드리고 마파람을 일으키면

푸짐한 진수성찬이 끝도 없이 나온다.

네모난 화면 안에 따끈한 소식 있다.

마음껏 퍼먹어도 줄어들지 않는 샘물

하루도 먹지 않으면 궁금해서 못 산다.

낚시꾼 욕하기

장대 끝 실오라기
　　　물속을 더듬어서

생목숨 찍어 내고
　　　알토란을 건졌단다.

흰 이빨
드러내놓고
바보같이 웃는 너

목수에게

목수야
너는 어찌
연장 탓 아니 하고

언제나 솜씨 좋게
멋진 작품 빚어내냐?

시인이
글 쓰는 법도
알려 줄 수 없겠니?

만원 지하철. 1

여덟 시 혼잡시간 비좁은 지하철에
빽빽이 꽂혀 있는
미라(mirra) 같은 도시민들
앞뒤로 몸을 붙이고 숨도 쉬지 못한다.

전차가 역에 닿아 공간이 넓어지면
미라들 숨이 돌고
손가락도 움직인다.
계단을 뛰어오르고 야수처럼 달린다.

만원 지하철. 2

환승역 승강장에 빽빽한 콩나물들
저 많은 사람들이 몇 명이나 타고 갈까?
살 빼기 연습장이다.
바짝바짝 조여라.

엉덩이 들이밀고 뒤돌아 승차해라.
한 발만 건너서면
수십 리를 앞당긴다.
간신히
허리 펴 보니
다음 역이 보이네.

만원 지하철. 3

지하철 승강장에 갑자기 불이 났나?
멀쩡한 사람들이
이리 뛰고 저리 뛰고
전동차 접근 신호에 제정신이 아니다.

열차가 배를 대고
출입문 입을 열면
이 차를 놓칠세라 머리 밀고 파고들어
저마다
마술에 걸려
굳은 돌로 서 있다.

만원 지하철. 4

달리는 지하철은 거대한 운동기구
그 안에 서 있으면
팔다리가 흔들흔들
목운동
허리 운동에
발목까지 풀린다.

다리에 힘을 주고 똑바로 몸을 펴라
지하철 운동시간
내가 찾은 행복 시간
황새가 호숫가에서 하늘 높이 오른다.

만원 지하철. 5

– 에스컬레이터(escalator)

지하철 환승 계단 천천히 올라가라
가만히 서 있어도
몸이 절로 오르는데
잠시를 그냥 못 참고 뛰어가는 사람아

앞에는 어르신들
뒤에는 애기들이
태어난 순서대로 줄을 지어 올라간다.
인생길
수십 계단은
즐기면서 가거라.

만원 지하철. 6

빽빽한 밀림에도
바람은 시원하다.

　　답답한 차 안에서
　　이어폰을 꽂아 주면

한줄기 맑은 가락에
머릿속이 환하다.

만원 지하철. 7

달리는 지하철이
　　너무나 만원이라

철문이 떨어지고
　　전동차가 폭발했다.

아니야,
눈을 떠 보니
잠시 졸고 있었네.

만원 지하철. 8

- 스마트폰

전동차 타자마자 거울을 꺼내 들고
세상을 비춰 보고
이야기도 나눠 보고
자판을 꾹꾹 눌러서 이를 잡는 사람들.

시대의 괴물인가,
혼(魂) 뽑는 스마트폰
깜깜한 땅속에서 지하철과 찰떡궁합
백 년 후
이 자리에는 어떤 일이 있을까?

빠져나가기

세상 길 험하구나. 도처에 가시덤불
건강히, 사고 없이, 범죄 소굴 멀리 피해
흐르듯
빠져나가기
그리 쉽지 않구나.

마음을 곱게 쓰면 큰 복이 굴러온다.
사랑을 주고받고 삼복(三福) 오복(五福) 끌어당겨
해운대 달구경 가자!
복사꽃도 피겠다.

스마트 폰

지하철 칸칸마다 알알이 파고들어
머릿속 혼을 빼고
마취제를 뿌려대니
곰들은 하차할 역이 지나가도 모른다.

거울에 눈을 박고
계단을 올라가서
지나온 환승 통로 깜짝 놀라 돌아서면
뒤에서
마귀할멈이
능글맞게 웃는다.

수제비 뜨기

납작한 돌을 골라 강심에 던져본다.
드르륵 미끄러져 수제비가 입에 가득
건너편 산그늘에서
물총새가 화들짝!

터널 앞 고속도로 차들이 날아간다.
씨잉 씽! 수제비들 사정없이 달리다가
입 벌린 블랙홀에서
잠잠해져 버리네.

신호등

신호등 앞에 서서 고개를 들어보니
새파란 하늘길이 광폭으로 펼쳐지고
발아래
건널목에는
파란불이 비친다.

이마에 손은 얹고 가만히 눈 감으면
좁다란 골목길도 두세 배로 넓어지고
머릿속
넓은 공간에
형광등이 환하다.

선거철. 1

때 이른 메뚜기가 날뛰기 시작한다.
이번에 다섯 번째 경로당을 옮겼다나?
얼빠진 까마귀들과 무당굿을 하더니.

남달리 잘났다고 얄밉게 으스대며
공약을 남발한다. 주인 위해 일한다고.
헛소리 거짓말인 줄 제가 뻔히 알면서

어깨띠 빗겨 매고 표(票) 앞에 굽신굽신
확성기 크게 틀어 소음 공해 일으킨다.
에라이! 이 파리채로 한 대 때려 줄까나.

선거철. 2

어중이 떠중이가
　집 나와 춤을 춘다.

맛없는 개살구가
　참 살구를 희롱하고

비 오는 시궁창에서
　피 터지게 싸운다.

선거철. 3

똥 묻은 마당 개가
　겨 묻은 안방 개를

못나고 더럽다고
　소리 높여 헐뜯는다.

나무 위
어린 까치가
어이없어 웃는다.

선거철. 4

배부른 돼지들이
　　표(票) 앞에 눈이 멀어

돈 생각 아니 하고
　　공짜 밥을 주겠단다.

몇 달 후
　　제상(祭床)에 오를
　　제 신세는 모르고.

선거철. 5

투표일 며칠 두고
　　밤새워 고민했다.

달콤한 거짓말로
　　유혹할까 사기 칠까.

여우는
제 꾀에 속아
감옥 앞에 가 있네.

주유소 풍경

차들이 입 벌리고 식당에 모여든다.
승용차 화물차에
국산 차와 외제 차다.
죽도록 길바닥 핥고 허기져서 왔단다.

주유기 앞에 서면
기름이 솟구친다.
호스를 배에 꽂아 얼른 한 통 들이키고
한마디
묻기도 전에
부릉부릉 떠난다.

지하철 파도타기

서울은 쪽빛 하늘 김포는 황금 평야
희뿌연 빌딩들이
운해인 양 깔려있고
산들은 뛰어오르며 키 재기를 하는데…

승객들 수백 명씩 지하철 배를 타고
땅 위로 솟았다가
땅속으로 잠겼다가
온종일 뱃놀이한다. 파도타기 바쁘다.

중앙선 침범

멀리서 달려오는 노란색 중앙선이
어깨를 스치면서
겁을 주고 지나간다.
"졸다가 나를 넘으면 황천길로 갈 거야."

산비탈 돌아서니 하늘은 새파란데
벼락이 내리쳤나? 피투성이 황천길에
말 없는
난파선들이
즐비하게 누웠네.

특허 출원

머나먼 서역 만 리
갈 길이 멀다지만
손오공 길을 잡고 단 호박이 예 있으니
별빛이 영롱한 새벽 눈이 번쩍 뜨인다.

눈부신 아이디어
무게는 알 수 없다.
반가운 오아시스 갈증 푸는 물 한 모금
하늘에 갈고리 걸어
내 옆에다 앉힌다.

평의자(平椅子)

남달리 서슬푸른 기와집 대청에서
천하를 호령하며
제 잘난 체 으스대던
잘생긴
회전의자는
힘이 빠져 외롭고

물 같이 바람 같이 흙 속에 파묻혀서
언 땅에 불 지피며
부모 형제 사랑하는
평의자
못난 얼굴엔
웃음꽃이 환하다.

파업 근로자의 독백

빨간색 머리띠는 볼수록 민망하다.
유리에 돌 던지는 불법파업 결사 투쟁
두 눈에
핏발 세우고
얻은 것이 있던가?

일터는 사라지고 낮달을 쳐다본다.
뭇사람 시선 끌며 우쭐대던 어제 일이
철없는
바보짓인 줄
오늘에야 알았다.

새끼들 볼 비비며 사는 것 복에 겨워
범법자 멍에 쓰고 감옥살이 돌고 돌아
길거리
풀빵 장사로
제자리를 잡았네.

하루하루

하루에 스물넉 장 카드를 받아놓고
한 장씩 색칠한다. 발자국을 찍어 간다.
어제는
구렁에 빠져
가랑이를 버렸지.

하루가 지나가면 까맣게 타는 일상
다시는 쓸 수 없는 일회용품 화장지다.
오늘은
진달래꽃이
웃음으로 반기네.

일생에 하루뿐인 내일이 다가온다.
새로운 스물넉 장 애지중지 받아야지.
깨끗한
자화상 한 점
그려 보고 싶구나.

한국은행

커다란 금고 안에 토끼가 살고 있다.
물가가 올라가면 돈 그물을 잡아당겨
거북이 주머니에서
동전 한 잎 빼간다.

연못에 물이 빠져 거북이 가뭄 타면
금고 문 열어 놓고 붉은 피를 돌게 한다.
동산에 초승달 떴다.
보름달이 환하다.

제2부

금연 이야기

금연 이야기

사람이 모인 곳은
　모두가 금연 구역

담배를 피울 곳이
　이렇게도 없다더냐?

골목을 세 바퀴 돌고
　제자리에 왔구나.

수십 년 찌든 담배
　간신히 끊었는데

꿈속에 나타나는
　끈질긴 담배 귀신

밤새워 쫓아내었다.
　제발 멀리 가거라.

격리 병실

적막한 병실에는
날 세운 눈빛들이

메르스(MERS) 바이러스
발자국을 따라가며

냉동실 두꺼운 얼음
한 겹 두 겹 벗기고…

환자는 요단강에
한 발이 빠졌지만

형제가 불어넣은
수천 다발 기도들이

집으로 돌아오라고
디딤돌을 놓았네.

낮잠

나른한 오후 한때
만사가 귀찮은데
종잇장 눈까풀이 천근만근 누르더니
온몸에
기운을 뽑고 환각제를 뿌린다.

멀리서 이름 모를 흰 말이 달려와서
빈 머리 두들기고
귀를 물어 당기면서
밤잠은 맛이 없다며
저를 따라 오란다.

늙지만 않았더라면

복지관 체조교실 흐르는 음악 속에
칠십 대 할머니가
에어로빅 추는구나.
마음은 늙지 않았지, 몸놀림도 가볍다.

오십 년 뒤로 돌려
주름살 걷어내면
금방 핀 백합 송이, 눈부시게 하얀 살결
늙지만 않았더라면
예쁜 색시 맞은 데…

담배꽁초. 1

길에다 침을 뱉고
꽁초를 내 던지고

양심도 함께 싸서
아낌없이 버렸는데

길 가던
햇병아리가
오줌 싸서 불 끄네.

담배꽁초. 2

차창을 슬쩍 열고
꽁초를 내 던진다.

한심한 택시 기사
침까지 뱉는구나.

처자식 먹여 살리는
일터인 줄 모르고

담배꽁초. 3

골목길 전봇대에
　　꽁초를 던져놓고

태연히 바지 내려
　　오줌 누고 침 뱉는다.

덩치 큰 청소차 한 대
　　길 넓히며 나가고.

벌레가 헬기(機)를 띄운다.

산(山) 벌레 한 마리가 귓속에 들어갔다.
깜깜한 옥에 갇혀 요동치기 시작하니
큰 산이 흔들리면서 번갯불이 튀었다.

고통을 참지 못해 사람은 반쯤 죽고
119 호출전화 1분 1초 다투더니
육중한 구조헬기가 벌레 힘에 떠 간다.

발가락 골절

금이 간 발가락에
공기가 들어갔다.
조그만 상처지만 골절이라 깁스(gips)하고
맘대로 걷지 못하니 생 미라(mirra)가 되었다.

혹시나 덧날세라
상처를 달래면서
두 달간 근신하니 이제 몸이 자유로워
음습한
고분 속에서
발가락을 꺼낸다.

생각

코끼리 머릿속은 풀냄새 가득하고
벌들은 꿀을 찾아 수십 리를 날아간다.
생각이
몸을 이끌고
산과 들을 누빈다.

생각도 못 미치는 싸늘한 동굴 안에
돌멩이 하나 주워
연습 삼아 던져본다.
쨍그랑!
깨지는 소리,
뒤집어쓴 물벼락!

오이냉국

싱싱한 오이채에 식초와 고춧가루
매콤한 마늘 양파
적당하게 썰어 넣고
얼음을
둥둥 띄우면
폭염경보 해제다.

에어컨 찬바람이 등 뒤를 쓰다듬고
차가운 오이냉국 목울대를 지나가니
복중(伏中)에
시베리아가
이곳에서 머무네.

어르신들의 인사

나이 든 친구들이
길에서 마주쳤다.
'키 작은 너는 아직 몸이 늙지 않았구나.'
'원래가 작은 몸인데 늙을 데가 어딨어?'

토끼와 다람쥐가
산에서 마주쳤다.
'우리네 한평생은 왜 이리도 짧은 거냐?'
'아니야, 아직 멀었어, 건강 지켜 더 살자!'

어떤 바보

이놈아! 꼼짝말고 그대로 앉아있어!
놀라서 돌아보니 핸드폰에 대고 한 말.
저는요.
잘못 없으니
그냥 가도 되나유?

이빨이 말썽이었는데

아침에 자고 나니 입안에 불이 났다.
며칠 전 깨문 돌이 돌아와서 복수하나?
이빨에 큰 금이 생겨 후벼파듯 아프다.

갈라진 이를 물고 병원에 달려가니,
통째로 뽑아내고 쇠기둥을 박은 다음
단단한 콘크리트로 씌워줘야 한다나?

몇 군데 돌고 돌아 발길이 머문 병원
허름한 진료실에 노(老) 의사가 졸고 있다.
반쪽 이(齒) 뿌리 살리고 돌을 얹어 주었다.

엄청난 큰 공사를 가볍게 해결하니
넝쿨째 굴러온 복(福), 온 세상이 고맙구나.
도처에 깔려 있는 게 숨어 있는 복이네.

위 내시경

침 한번 꿀꺽하면 문턱을 넘어가서
새빨간 단풍 터널
불 밝히고 헤집는다.
뱃속을 들여다본다. 모니터에 비친다.

남몰래 들어와서 월세도 안 내면서
똬리를 틀고 앉아
시간 재는 저승사자
네 이놈! 숨어 있거든 자수하고 나와라!

암 수술

터널 끝 막장에서
나이 든 광부들이

희미한 불빛 아래
바위(岩)뼈를 캐고 있다.

수술실
젊은 의사는
굳은 암(癌)을 파내고…

우한(武漢) 코로나

마스크 착용하고 손 소독 자주 해라.
사람과 사람 사이 불청객이 파고든다.
오늘은 몇 사람이나 황천객이 되었나?

상점들 문을 닫고 거리가 적막하다.
진달래 한창인데 꽃구경도 못 하겠네.
감옥이 따로 없구나. 외출마저 어려워

버스에 전철 안에 말 잃은 사람들이
마스크 한 장 쓰고 표정 없이 앉아있다.
지렁이 꿈틀거리다 하루해가 저문다.

잘 익은 수박덩이

갈맷빛 익은 얼굴
　칼 대고 희롱하면

오히려 반기듯이
　붉은 입을 크게 열고

겁 없이
웃어 보이는
나이 먹은 큰아기

진주 남강

교실도 변변찮던 중학교 졸업 시절
우정을 다짐하며
꽃 그림을 주고받고
추억을 만들어 가던 그 옛날이 아린다.

제각기 둥지 틀고 흩어져 살았으니
이름도 다 잊히고
옛 추억도 사라지고
지금껏
남아있는 건
진주 남강 그 물빛.

치과 클리닉. 1

고장 난 방앗간에
이빨이 말썽이다.
수십 년 돌아가던 맷돌인데 망가졌다.
요란한
사이렌 소리
경광등이 켜지고…

썩 돌이 있던 곳에 다리를 놓았구나.
시멘트 교각에다
금이빨을 얹었으니
탈 없이 쌀가마들이 지나가게 하소서.

치과 클리닉. 2

입안에 불이 났다. 고통을 못 참겠다.
천지가 재가 되고
하늘마저 노랗구나.
이 지옥
빨리 벗어나
천국으로 가야지.

썩은 이 후벼내어 불길을 진압하고
새 기둥 갈아 끼고 미장공사 마감하니
모처럼
넓은 식당에
웃음꽃이 피었다.

팔굽혀 펴기

지구를 끌어당겨 코끝에 걸어 보니
거대한 땅덩이가 좁쌀처럼 작아져서
눈 안을
파고 들어와
나와 한 몸 되었다.

눈 뜨고 땅을 미니 좁쌀이 튀어나와
한없이 부풀어져 제자리로 돌아가고
팔에는
굵은 근육이
기념으로 남았다.

제3부

구름

구름

물방울 낱알 모아 만삭된 물주머니
여름내 울컥울컥 소나기를 토하더니
가을엔
멀리 떨어져
입 다물고 쉬더라.

나뭇잎 떨어지고 등 시린 겨울 되니
푸짐한 곳간 열어 떡가루를 흩뿌리며
하늘 땅
하나로 묶어
하얀 세상 만드네.

강풍

나무가 울부짖고 지붕이 날아간다.

간판이 춤을 추고 담벼락은 무너져도

지리산
깊은 골에는
맑은 샘이 솟는다.

기러기 편대

너희들 언제 왔나? 여름이 엊그젠데,

비취색 비단 위에
기러기 떼
수 놓였네.

날개 끝
간격도 맞다.
군악 소리 들린다.

고양이

내 앞을 지나가다 마주친 길고양이
사람을 알아보고
멈칫하며 물러선다.
나더러
먼저 가라고
길 양보를 해 주네.

나 또한 멈춰 서서
너 먼저 가라 한다.
세상에 태어난 건 너와 같은 자격인데
사람이
무슨 권리로
길을 양보 받을까?

눈(雪) 폭탄

지붕에 쌓인 눈을
　예쁘게 보았는데

천정이 무너지고
　생사람을 잡았구나.

조금씩 덧칠한 눈이
　폭탄인 줄 몰랐네.

모기야 모기야

또다시 1년 만에 손님이 온다기에
모기향 피워 놓고
전투준비 끝냈는데
귀신이 나오는 시간 방어벽이 뚫렸다.

나의 피 한 방울이 그리도 그립더냐?
연막에 숨 막히고 목숨마저 위태해도
한사코
사선(死線)을 넘어
달려드는 모기야.

바람이 흔들어서

높다란 나무 끝에 바람이 지나다가
가지를 흔들어서 목구멍을 간질이면
나무는 참지 못하고 우우 소리 지른다.

입춘을 지나면서 갈증이 심해져서
앙상한 가지들은 물 달라고 보채는데
해님은 모른척하고 빛 가루만 뿌린다.

천 갈래 실뿌리들 힘 모아 물을 푸면
바람이 흔들어서 쭉쭉 뽑아 올려주니
우듬지 까치 한 마리 큰 소리로 짖는다.

설날. 1
- 복 덩어리 명절

차례상 물려 놓고 자손들 절 받으며
입가에 번진 덕담 세뱃돈에 얹어 주니
시골집
할아버지는
아픈 허리 나았다.

온 가족 둘러앉아 손자들 재롱 본다.
청보리 푸른 들에
종달새들 삼삼하고
감나무 까치 소리에
복이 철철 넘친다.

설날. 2

- 신세대 풍속도

전에는 어려워도 고향을 찾았는데
이제는 관광지가 설 연휴를 잡아챈다.
오후에
아동복 사러
백화점에 가야지.

어제는 바쁜 하루,
오늘은 금쪽이야.
산새들 지저귀는 심심산골 무덤보다
설악산 제주 관광이
살아 있는 설이네.

시간과 공간

개미가 땀 흘리는 굴속을 따라가면
깜깜한 어둠 끝에 백 만년이 이어지고
개미는 어둠을 타고 영원으로 나간다.

파리가 손 비비는 허공을 따라가면
새파란 하늘 끝에 은하수가 흐르는데
파리는 물안개 되어 무한대로 퍼진다.

사람은 한 생으로 시공(時空)을 모르지만
덧없는 하루살이 알아낸들 무엇 하리.
한 방울 새벽이슬로 왔다 가면 되는 걸…

실바람

어제는 잠 못 자고 새도록 뒹굴었다.
두 눈은 게슴츠레
앞도 뒤도 안 보이고
열대야 독한 더위에 모진 매를 맞았다.

오늘은 아침부터
실바람 한 무리가
더위를 꽁꽁 묶어 보란 듯이 끌고 가고
소나기 한 말 쏟으니
생맥주가 그립다.

신록의 계절

5월의 새 기자(記者)가
초록색 글을 쓴다.
나른한 몸 안으로
소리 없이 들어와서
무차별 낙서질하여 푸른 물을 들인다.

메마른 나의 몸에 서늘한 물이 돌고
기자가 하는 대로
초록 몸이 되었으니
한마디
저항 못 하고
푸른 숲에 빠졌다.

쓰나미

– 2011.3.11 일본대지진 –

바다는 병이 나서 뱃속이 뒤틀리고
쓰나미 거센 파도 울컥울컥 토해낸다.
세상이
물난리인데
바람 한 점 없구나.

차들은 떠다니고 배들이 상륙하네.
도시는 간데없고 논밭마저 갯벌이다.
아니야,
꿈꾸는 거야.
그럴 리가 없잖아.

이른 봄비

두꺼운 겨울 내의
아직도 못 벗는데

봄비가 부슬부슬
창밖에서 손짓한다.

땅속을
자맥질하여
새싹 끌고 나온다.

열대야(熱帶夜)

전기를 퍼먹이고
밤새껏 일 시키니

선풍기 여러 대가
숨이 차서 헉헉댄다.

열대야
가마솥에는
열이 더욱 오른다.

오후 한때

잔잔한 호수 위에
구름이 내려앉아
기차게 아름다운 수채화를 그렸는데
물새가
수면을 쪼아
동영상을 만드네.

우공(牛公)

파리와 얽힌 인연
　　아직도 끊지 못해

지그시 눈을 감고
　　긴 꼬리를 휘두르면

세상이 한 바퀴 돈다.
　　하늘마저 노랗다.

집중호우

억수로 쏟아진 비
갈 곳을 찾지 못해
골목길 담장 밀고 안방으로 몰려든다.
하수도
흐르던 물도
맨홀(manhole) 뚫고 나오고

가물엔 단비더니
오늘은 우환이네.
뒷산이 무너질까? 앞 개울이 넘쳐날까?
밤새껏
마음 졸이며
뜬눈으로 새운다.

장수말벌

갑자기 머리 위에 별똥이 떨어졌다.
놀라서 만져보니
주먹만큼 부었구나.
화가 난 장수말벌이 크게 한 방 쏘았네.

또 다른 녀석들이 주위를 빙빙 돈다.
자네들 보금자리
내가 잘못 건드렸나?
두 손을 싹싹 빌면서 도망가기 바쁘다.

지나간 달력

산수유 노란 마을,
강가에 푸른 숲길,
단풍 든 설악산에, 발목 덮는 눈꽃 산행
열두 장
벽걸이 위에
보기 좋게 열렸다.

지난해 폭풍우에 새 옷이 젖었지만
아기는 첫 돌맞이
하얀 이가 두 개 났네.
아쉬운
발자취들이
추억으로 남는다.

처서(處暑)

바람이 변했구나.
가을이 혀 내민다.
감나무 푸른 잎이 한 잎 두 잎 힘 빠지고
추석(秋夕)은
지팡이 짚고
동구 밖에 와 있다.

컴컴한 지붕 밑에
열 오른 돼지들이
목울대 꿀꿀대며 하루 종일 돌고 나면
먼 들녘
고속도로에
별똥별이 새롭다.

치타(cheetah) 어린것의 여행길

배고픈 엄마 따라
먼 길을 여행한다.
맹수로 태어나도 어렵기는 마찬가지
전생에 아기천사가
여기 있는 너였지?

해맑은 눈망울이 이쪽을 보고 있다.
병들고 굶주리고
한평생이 힘들지만
하늘이 내려 주는 복
즐기면서 살아라.

천년 주목(朱木)

나무는 돌보다도 수명이 짧다지만
죽어서 천년 가는 주목에게 물어보라!
푸석돌
백 년 세월에
모래알이 된다네.

강가에 자갈들은 다투고 부딪히면
한 곳에 있지 못해 이사 가고 깎이지만
주목은
죽어서까지
제자리를 지키네.

풀꽃

호젓한 산길에서
우연히 만난 여인

이름은 모르지만
어여쁘기 그지없다.

한여름
두둑한 햇볕
흠뻑 받고 살아라.

폭염경보

더위도 급(級)이 있다. 헤비급 폭염경보.
시뻘건 입 벌리고 계급장을 달라하네.
논두렁
삼복더위는
입도 벙긋 못하고.

복날이 지나가도 개들은 불안하다.
철 지난 불덩이가 별을 달고 지쳐오니
대공원
그늘에 누운
호랑이도 타겠다.

한낮 더위

뜨거운 햇볕 아래
벼 이삭 살 오르고

시원한 나무 그늘,
장기판도 낮잠 잔다.

길에는
그림자 한 점
찾아볼 수 없구나.

한겨울 비둘기들

눈 위에,
비둘기들
배고파 맴돌다가

던져준 밥 몇 알에
다시 돌아
서성인다.

네 작은 밥주머니도
채울 것이
없더냐?

황태

눈 뜨고 당했구나. 목숨을 빼앗겼네.
대관령 찬바람에 속절없이 몸은 얼고
희뿌연
겨울 바다는
제 갈 길만 가더라.

아무리 생각해도 사연을 모르겠다.
싱싱한 몸뚱이가 샛노랗게 졸아들어
엉뚱한
서울 밥상에
누워있을 줄이야.

구천을 돌고 돌아 이승에 다시 오면
깊은 산 바위 굴 속, 면벽 스님 이마 되어
또르르
파리 굴리고
크게 웃어 보련다.

제4부

갓바위

갓바위

팔공산 갓바위에
보름달 자리 폈다.
밤새워 촛불 켜고 소원성취 기도하면
돌부처 약사여래님 말문 열고 반기리.

차가운 물 한 방울
이마에 떨어진다.
목도리 풀어 놓고 검은 하늘 쳐다보니
잊었던 어머니 모습
가물가물 보인다.

가을 북한산

높다란 쪽빛 하늘
속살이 깊은 바다
넓고도 하얀 강물 서울시가 그림인데
백운대
발가락 아래
칼날 바위 무섭다.

하늘엔 국악 산조
땅에는 기타 반주
불타는 북한산에 도토리가 떨어지고
저 멀리
북녘 하늘에
송악산도 보인다.

금대 지리*

지리산 금대암에 신선이 앉아있다.
천왕봉 능선 따라 하늘 금이 아득한 곳
비단결 함양(咸陽) 절경을 눈높이로 펴 주네.

뼈 굵은 준봉들이 한눈에 들어오고
주름진 골짜기들 맑은 물을 짜내는데
코앞에 전나무 끝이 하늘 배를 찌른다.

* 금대지리 : 금대암에서 보는 지리산의 장엄한 경치
　　　　　　　(함양 8경 중 제2경)

궁남지 연꽃축제

무겁게 눈을 감고 가부좌 틀었구나.
수많은 부처님이 연꽃으로 앉아있네.
중생이 부처 되는 길 열려있다* 하면서

연꽃을 바라보는 눈마다 꽃이 피고
물 위에 연꽃들이 길을 따라 올라오니
궁남지 가는 곳마다 부처들로 붐빈다.

* 妙法蓮華經(법화경)

님의 솜씨

피로가 겹쳐 오는 지리산 종주 길에
뜻밖에 만난 손님
벽소령에 솟은 명월*
오래전
그리던 절경
이 밤에야 만나네.

사위는 고요한데 바람이 살짝 불어
나뭇잎 흔들리며 달빛 또한 펄럭이니
우리 님 진짜 솜씨를
이곳에서
보겠네.

* 벽소명월(碧宵明月): 지리산 10경 중 제4경.

눈 덮인 만경대 리지(ridge)*

눈 덮인 만경대를
겁 없이 올라간다.
어젯밤 내린 비가 여기서는 눈이었네.
흰 눈도
요술을 풀면
흘러가는 물이지.

헬멧에 안전벨트,
장비로 무장하고
접근을 거부하는 영감바위 달래면서
가만히 속삭여 본다.
한번 친해 보자고.

하얀 눈 고운 살을 살포시 밟으면서
바위와 한 몸 되어
쪽빛 하늘 쳐다보고
도선사 머리 위에서
극락 천국 즐긴다.

* 북한산 도선사 위에 만경대 리지가 병풍처럼 둘러쳐져 있다.

모란꽃 축제

지팡이 짚은 부모, 소리 큰 젊은 새댁
카메라 셀카봉이 빠짐없이 잡았구나.
구름도
모란꽃인 양
우쭐대며 떠 있다.

금실이 담겨 있는 백모란 사발 속에
두 눈을 집어넣고
정신없이 빠졌다가
눈부신
햇살에 밀려
길을 잃고 말았네.

밤빗소리

한밤에 두드리는 북소리 요란하다.
긴 창을 빗겨 들고 수만 명이 몰려와서
맡겨 둔
내 돈 내놔라!
아우성을 지른다.

놀라서 깨어보니
바깥은 칠흑인데
후루룩 모래알이 유리창에 뿌려지고
난리다!
오케스트라
합주곡이 들린다.

부채

수동식 선풍기는
전기가 필요 없다.

날씨가 더워지면
손바닥에 올라앉아

바람을
끌어모아서
얼굴에다 뿌린다.

부채와 우산

뜨거운 한낮 더위, 부채가 때를 만나
잠자는 바람 깨워 평지풍파(平地風波) 즐기다가
먼 산에
빗방울 들면
슬그머니 숨는다.

구름이 다가오면 우산이 마중 나가
소나기 흠뻑 맞고 시원하게 몸을 푼다.
빗물은
바닥을 치며
바람 한 점 남기고…

분수(噴水)

분수 끝 물방울들
　　키재기 하는구나.

한 방울 올라가면
　　한 방울이 더 오르고

하늘에 입맞춤한다.
　　해를 찍어 맛본다.

분재(盆栽)

가부좌 틀고 앉아 눈 감은 늙은 스님
참아 온 긴 세월에 세상만사 묻어 두고
구름 밖 푸른 하늘로
꿈을 실어 보낸다.

수석(壽石)을 곁에 두고 차가운 마음 길러
어여쁜 동양란에 눈길 한 번 아니 주고
초승달
커가는 모습
혼자 보며 즐긴다.

북한산, 거대한 운동기구

백운대 문수봉을 원 없이 오르내려
가볍고 손에 익은 아령처럼 익숙하다.
거대한 운동기구다.
천하제일 보배다.

여기서 다리운동 저기서 팔운동을
이처럼 쓰기 좋은 운동기구 어디 있나?
한세월 아끼고 닦아
풀 한 포기 정답다.

가벼운 공 하나도 공짜가 없는 세상.
능선은 무료이다. 골짜기도 무료이다.
수십 년 세월이 가도
변함없는 친구다.

섬(島)

한지(韓紙)에 붓을 털면
섬들이 그려진다.

모양은 다 달라도
보기 좋은 그림이다.

다도해
많은 섬들은
누가 붓을 털었나?

새 옷 입은 산

머리가 숭숭 빠진
　대머리 겨울 산은

누렇게 바짝 말라
　볼품없고 약하더니

5월엔
　옷 갈아입고
　키도 한 치 자랐네.

산(山)경운기

- 등산로 공사

산 아래 헬리콥터
무거운 돌을 달고

달달달 소리 내며
구름 위로 올라간다.

온종일
오르내리며
산밭을 갈고 있다.

산행(山行) 일기

거대한 운동기구, 오르고 내려가고
온종일 사용해도
실증 한 번 아니 난다.
때때로
바람을 불러
젖은 땀도 말리고

카메라 렌즈 안에 절경이 비치더니
진달래 다람쥐가 들어왔다 나갔구나.
오늘은 몇 킬로 갔나?
집에 와서 재 본다.

선자령 눈밭 산행

대관령 양떼목장 하얗게 잠이 들고
나무들 가지마다 눈꽃으로 장식했네.
산꾼들 가는 곳마다 사진찍기 바쁘다.

저 멀리 수평선에 돛배들 몰려온다.
찬바람 가득 안고 팔랑개비 돌리면서
'여기가 선자령이다.' 큰 소리로 외친다.

상록수 겨울나무 촘촘한 숲을 지나,
수십 척 기둥 위에 돈키호테 풍차 타고
하늘을 한 바퀴 돌아 눈망울을 내리면,

거대한 돌기둥이 앞길을 막아서고,
선명한 붉은 글씨 '백두대간 선자령'이
머리를 위로 아래로 목운동을 시킨다.

억 새

그리워 몸이 떨고 향수(鄕愁)가 사무친다.
계절에 쫓긴 철새
푸른 강을 건너가고
억새는
하늘을 향해 하얀 손을 흔든다.

바람이 몰고 가는 흰머리 오리 떼들
일제히 소리 내며
쓸려갔다 쓸려오고
늦가을 화판(畵板) 위에는 청자색이 예쁘다.

저녁 산

바람을 몸에 감고 치솟은 산봉우리
바위를 이고 지고
서쪽으로 달리더니
시뻘건 노을을 만나 풍경화가 되었네.

높은 산 낮은 산이 의좋게 사는 세상
해 질 녘 산마루에
발자국을 찍고 보니
산 아래
고향마을에
저녁 불이 켜진다.

지리산 운해(雲海)

- 천왕봉에서 -

섬진강 물안개가 몸집을 부풀려서
계곡을 타고 올라
구름으로 변신하니
잠자던 봉우리들이 실눈 뜨고 반긴다.

아득한 운해 위로 하늘에 금이 가고
새빨간 혀 내밀며 아침 해가 떠오르면
어둠 속
천왕봉에서
큰 함성이 터진다.

제5부

백두대간(白頭大幹)

서시(序詩)

한반도 굽은 등뼈 물길을 갈라내고
산과 들 형형색색 계절 따라 아름답다.
긴 산행 백두대간에 땀방울이 곱구나.

설악산 태백산에 속리산 길을 묻고
먼 남녘 구름 속에 지리산이 화답하니
우듬지 멧새 한 마리 예쁜 노래 보탠다.

미시령(彌矢嶺)

저항령 황철봉을 등 뒤로 밀어 놓고
설악이 끝나는 곳 미시령(826m)에 다 왔구나.
여기서 한 발 더 가면 금강산이 된다네.

터널에 실을 꿰어 대간(大幹)을 들어 보고
오른손 길게 뻗어 울산바위 만져 보자.
속초항 초저녁 불이 하나둘씩 켜진다.

설악산 대청봉

한계령(920m) 구름 위에 창끝이 뾰족뾰족
끝청봉(1,610m) 가는 길에 '금강초롱' 꽃불 밝다.
어젯밤 빗줄기 쏟아 물청소를 했구나.

대청봉(1,708m) 일출 보고 가슴이 쿵쾅거려
눈뜨고 입 벌리고 겁먹은 게 어제인데
이십 년 세월이 간 줄 속초항은 모르네.

이름만 들먹여도 꾼들이 질겁하는
발아래 '공룡능선' 새까맣게 지쳐온다.
아득한 마등령(1,260m)까지 반기면서 가보자.

갈전곡봉

용(龍)들이 넘다 지친 고개가 여기인가.
비 오는 산비탈에 칡넝쿨도 많겠지만
구룡령(1,013m) 야간 산행에 아무것도 안 보여.

스산한 갈전곡봉(1,204m) 지도를 꺼내 보고
방태산 갈림길을 머릿속에 새겨 둔다.
날 밝고 비 멎었으니 노루처럼 가보자.

갈 길은 아직 먼데 기름이 떨어졌다.
길섶에 퍼져 앉아 가쁜 숨을 몰아쉬고
조침령(760m) 팔을 뻗어서 내 곁에다 앉힌다.

오대산 진고개

진고개(960m) 쉬는 길손 진 빠진 몸일망정
시들은 젊은 혈기 행여 깜빡 돌아올까?
은근히 삼지구엽초 음양곽(淫羊藿)을 사 가네.

동대산(1,433m) 두로봉(1,422m)을 한 줄에 엮어 차고
발 때가 묻지 않은 응복산(鷹伏山 1,359m)을 찾아가자.
대간(大幹)길 벗어나 앉은 비로봉은 달래고…

오대산 노인봉

노인봉(1,338m) 소황병산(1,328m) 두 산이 힘을 합쳐
오대산 정기 뽑아 기암괴석 빚어내고
골골이 물줄기 짜서 비취계곡 엮는다.

청학동 소금강은 금강산 빼닮아서
'만물상' '선녀탕'에 '구룡폭포' 다 있구나.
투명한 유리 항아리, 산천어도 보인다.

대관령(832m)

푸르던 양떼목장 눈 속에 파묻히고
살찐 양 하릴없이 배를 깔고 누워있네.
봄 되어 풀잎 나거든 꽃길에서 만나자.

선자령(1157m) 가는 길은 바람이 선물이다.
풍차들 입 벌리고 받아먹기 바쁘구나.
검푸른 동해 찻잔에 돛배 선단 떠 있다.

찬바람 황태덕장 얼다가 녹았다가
탈진한 하산 길에 황태 국이 제 맛이다.
먼 바다 깊은 물속에 명태 떼가 맴돈다.

두타산(頭陀山)

버스가 꼬불꼬불 간신히 기어가는
삼척 땅 댓재(810m) 마루 구름 속에 가렸는데
산 친구 삼십여 명이 비옷 입고 나선다.

번뇌를 다 버리고 두타산(1,353m) 올라가자.
청옥산(1,403m) 마주 보니 웅장하고 늠름하다.
고적대(1,354m) 구름에 숨어 눈만 빼꼼 내밀고.

가파른 태산준령 병풍을 둘러놓고
골골골 무릉계곡 폭포 경연 벌였구나.
학소대 바위를 갈(磨)고 부부 학(鶴)이 나른다.

삼수령(피재)

삼수령(935m)* 내린 비가 어디로 가야 할지
방향을 못 잡아서 이곳저곳 더듬다가
동해로, 서해 남해로 기약 없이 갈리네.

갈라 선 빗방울들 구르고 깨어지고
깊은 산 험한 골을 울며불며 빠져나와
오늘은 태평양에서 한 식구가 되었네.

* 삼수령은 태백시 북쪽에 있는 고개로 옛날 삼척지방 사람들이 피난
오던 길이라 하여 '피재'라고도 한다. 피재 정상에 '삼수정(三水亭)'과
'빗물의 운명'이라는 조형탑이 있다. 북쪽으로는 한강, 남쪽으로는 낙
동강, 동쪽으로는 삼척의 오십천으로 물이 갈라지는 곳이다.

두문동재

함백산 두문동재(1,268m) 높이를 물었더니
은대봉(1,442m) 금대봉(1,418m)이 양쪽에서 팔을 잡고
단숨에
천이백 미터
쉽게 끌어 올리네.

야생화 축제 마당, 꽃구경 나섰지만
하늘이 캄캄하고 바람 또한 눈을 가려
오늘은
입산 금지네.
뿌연 비만 내리네.

함백산

비 오는 함백산(1,572.9m)에 강풍이 몰아치고
겹겹이 쌓인 산들 구름 덮고 자는구나.
가쁜 숨 돌릴 새 없이
하산 길이 바쁘다.

반년 전 겨울에는 설경(雪景)에 눈 시리고
온 산이 왁자지껄, 사진발도 좋았는데
오늘은 찾는 이 없어
정상석(頂上石)이 외롭다.

만항재

함백산 만항재(1,330m)에 켜켜이 쌓인 산들
한 켜씩 걷어내면 정암사(淨巖寺)가 보이겠다.
왁자한 등산 터미널, 산객들이 붐빈다.

뒤 돌아 위를 보니 내려온 산 꼭지가
잘 가라 손 흔들며 작별 인사 고하는데
대답할 시간이 없다. 화장실이 급하다.

태백산

비취색 얼음하늘, 화방재(940m) 싸늘하다.
유일사 독경소리 깊은 눈에 묻혔지만
천제단(1,567m) 일출(日出)을 켜서
새 한해를 밝힌다.

장엄한 백두대간 팔 벌려 안아보고
급경사 내리막길 눈썰매도 즐기면서
화려한 눈 축제장에
온갖 시름 맡긴다.

소백산

고치령(760m) 높은 재에 군인들 쉬고 있다.
산꾼은 숨죽이고 대간(大幹)길에 들어서니
상고대 하얗게 피어 칼날같이 쌓였네.

늦가을 가랑잎이 찬바람 끌고 와서
국망봉(1,421m) 가는 길에 질펀하게 누웠구나.
스산한 늦은맥이재(1,272m) 구인사(救仁寺)길 가르고.

비로봉(1,440m) 센 바람은 눈 뜨기 어렵지만
꽃 피는 봄 생각에 추운 줄을 모르겠네.
철쭉들 지천에 널려 웃는 소리 들린다.

죽령

비로봉 내려서니
연화봉 삼 형제가
한 시간 간격으로 잘 가라고 인사한다.
설원(雪原)에 오버 랩 되어
철쭉꽃도 보이고.

산 밑에
고속터널 굴속은 요란한데
붐비던 죽령고개(696m)
인적마저 드물구나.
공중에 두 발을 들고 엉덩방아 찧었다.

조령산

이화령(548m) 고갯길은 조망이 일품이다.
발아래 천길 절벽 뚫고 나온 고속도로
단숨에 멀리 달아나
잡을 수가 없구나.

조령샘 물맛 좋아 떠나기 싫다마는
욕심은 금물이다. 아껴두고 다시 오마.
조령산(1,017m) 정상에 올라
콧노래를 부른다.

험악한 신선암봉(937m) 갈비뼈 날카롭다.
밧줄이 끄는 대로 올라가고 내려가고
과거(科擧)길 조령 3관문(656m)
선비상이 반긴다.

속리산(俗離山)

한발은 문장대(1,054m)에 한발은 천왕봉(1,058m)에
두 뿔을 딛고 서서 법주사를 바라보니
속(俗)세를 떠난(離) 이 자리, 이 시간을 알겠다.

신선대 휴게소에 짐 푸는 등산객들
신선이 따로 없다. 그대들이 신선이다.
등 굽은 '고릴라바위' 방금 뭐라 하더냐?

천왕봉 높이 솟아 큰 기둥 천막치고
잔가지 한남(漢南) 금북(錦北) 두 정맥을 낳았구나.
속리산 다락에 앉아 먼 서해(西海)를 당긴다.

속리산 형제봉

가파른 오름길을 힘겹게 올랐는데
형제봉(832m) 정상석이 숨바꼭질 하는구나.
이마 위 바위 꼭지에 숨은 줄을 몰랐네.

연초록 비단물결 바다는 출렁대고
속리산 장군들이 근엄하게 째려보니
산꾼들 몸을 낮추고 피앗재(639m)로 가더라.

못제

비조령(320m) 쉼터에서 식당을 차려 놓고
즐거운 웃음꽃을 푸짐하게 받았는데
5분 후 오름길에서 말벌한테 당했다.

지렁이 집단촌이 못제에 있었구나.
후백제 견훤왕이 목욕하고 힘 키운 곳?
바쁘다 갈령 삼거리(721m), 저녁 해가 기운다.

* 못제 : 백두대간 마루금에 유일한 5~6백평되는 못(池)으로, 후백제
의 견훤이 이 못에서 목욕을 하고 나오면 힘이 솟아 전투마다 이겼는
데, 황충장군은 견훤이 지렁이의 자손임을 알고 소금 300가마를 못
에 풀어 힘을 못쓰게 하였다는 전설이 있다.

추풍령

'구름도 자고 가는, 바람도 쉬어가는'
'추풍령(220m) 고개'라니 그 높이에 놀랐는데
눈 아래 코보다 낮아 다시 한번 놀랐다.

가파른 눌의산(743m)을 힘겹게 올라서니
행운의 방(榜)이 붙는 괘방령(掛榜嶺 311m)이 손짓한다.
'추풍(秋風)'은 '낙엽'이 되어 과거(科擧)길이 못되고.

오늘은 찻길 철길 모든 길이 기어 나와
확성기 틀어 놓고 시끌벅적 요란하다.
고개는 해마다 닳아 누워서도 넘겠다.

황악산

우두령(720m) 맑은 해가 구름에 못 이겨서
낮 색이 변하더니 끝내 비가 오는구나.
가랑비 장대비 되어 등산화를 찌르고.

비 오는 숲길 따라 무거운 참선 수행.
바람재(810m) 표지석은 글씨마저 뒤뚱거려
신선봉 갈림길에서 우중식당 차렸다.

황학산(1,111m) 올라서니 빗님이 전 거두어
경쾌한 발걸음에 '여시굴'도 잠시 보고
돛단배 휘파람 불며 배낭 닻을 내린다.

영동 삼도봉

빗방울 삼 형제가 손잡고 내려와서
삼도봉(1,176m) 꼭지에서 제비뽑기 하는구나
경상도 충청 전라도 세 물길을 정하네.

한 명은 동쪽으로 두 명은 서쪽으로
첫아기 우는 소리, 까막까치 짖는 소리
형제들 가는 곳마다 넓은 들이 살찐다.

덕유산(德裕山)

덕유산 이름 속에 큰 덕이 보였는데
신풍령(907m) 뼈가 많아 '뼈재'라니 무섭구나.
고금에 오고 간 사연 귓전으로 돌리고.

백암봉(1,490m) 찾아가자. 숨 차는 갈림길에
향적봉(1,614m) 돌아앉아 백두대간 외면하고
이별의 동엽령에서 빗물 형제 헤진다.

삿갓재 대피소는 빗속에 희미한데
새우잠 청하면서 젖은 옷을 말려 입고
빼어난 남덕유산(1,507m)을 우쭐대며 오른다.

정겨운 할미봉(1,026m)이 험하고 빡세구나.
무서운 도적 떼들 숲속 내내 쫓아오니
육십령(734m) 쉼터에서야 땀 한 말을 닦는다.

지리산 만복대

깜깜한 새벽 4시 풀벌레 단잠 깨워
성삼재 본체만체 고리봉(1,248m)에 신고하니
주능선 실루엣 위로 아침 해가 솟는다.

묘봉치(1,100m) 인사 받고 갈 길을 재촉하면
추억의 만복대(1,438m)가 천군만마 보여 주어
봉마다 가위로 오려 머릿속에 담는다.

표지석 안아보고 만복을 빌었으니
화사한 철쭉꽃들 정령치(1,172m)로 안내하고
옛길에 헤어진 벗들 눈시울을 적신다.

지리산 노고단

성삼재 휴게소(1,090m)는 아직도 한밤인데
산객들 웅성웅성 대낮같이 불 밝히고
머나먼
종주 산행에
출발신호 울린다.

구름속 망망대해
노고단(1,507m) 운해들이
산굽이 급히 돌아 밀려갔다 밀려온다.
나뭇잎
한 몸 던져서
떠다니고 싶구나.

지리산 천왕봉

백두산 천지에서 붓 세운 산줄기가
반도를 타고 내려 천왕봉(1,915m)에 끝점 찍고
안개 낀 섬진강 따라 남해 깊이 잠긴다.

노고단 아침 운해, 벽소령(1,340m) 공산명월
볼수록 보고 싶고 숨 막히는 지리 10경
천왕봉 일출 1경에 산객(山客) 가슴 터진다.

* 지리10경

1.천왕일출 (天王日出)-천왕봉

2.노고운해 (老姑雲海)-노고단

3.반야낙조 (般若落照)-반야봉

4.벽소명월 (碧宵明月)-벽소령

5.연하선경 (烟霞仙境)-연하봉

6.불일현폭 (佛日懸瀑)-불일폭포

7.직전단풍 (稷田丹楓)-피아골

8.세석(細石)철쭉-세석평전

9.칠선계곡 (七仙溪谷)

10.섬진청류 (蟾津淸流)-섬진강

백두대간

2023년 12월 12일 제 1판 인쇄 발행

지 은 이 | 이봉수
펴 낸 이 | 박종래
펴 낸 곳 | 도서출판 명성서림

등록번호 | 301-2014-013
주   소 | 04625 서울시 중구 필동로6(2,3층)
대표전화 | 02)2277-2800
팩   스 | 02)2277-8945
이 메 일 | ms8944@chol.com

값 18,000원
ISBN 979-11-93543-18-4

※ 잘못 만들어진 책은 바꿔드립니다.
　 이 책 내용의 일부 또는 전부를 재사용하려면
　 반드시 저작권자의 동의를 얻어야 합니다